AF459053

Jules Le Roy

Vers pour ma Chatte

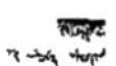

Vers pour ma Chatte

8° Ye
2509

Jules Le Roy

Vers pour ma Chatte

Rouen

Imprimerie Espérance Cagniard

1890

J'ai rencontré le coucou
Qui m'avait dit : casse-cou.
Il chantait le bon apôtre !
Son amour étant fini,
Il avait quitté son lit ;
Mais il couchait dans un autre !

Chante, coucou, tu fais bien.
Sans penser au lit ancien
Dans le nouveau tu te vautres,
Et pour toi rien n'est fini :
Moi, d'avoir quitté mon nid,
Ça m'a dégoûté des autres.

J. Richepin.

Prélude

Ma Chatte, ma Tant-Adorée,
allez, passez sur vos babines
votre langue fine et pourprée
aux lentes façons si calines.

Tout le temps, du soir au matin,
que vos yeux soient remplis de pleurs
ou de ris; que sur le satin
de vos lèvres — ces chères fleurs ! —

erre une moue ou un sourire,
je vous dirai des chansons folles.
Mie ! Oyez les vers de ma lyre,
tristes, gais, graves ou frivoles,

ternes, éclatants ou dorés,
au gré de votre seul désir,
— doulce Chatte aux yeux azurés —
et suivant votre bon plaisir.

Madrigal prétentieux

Dans le calme du soir qui tombe lentement
je songe à Vous, ô très divine Bien-Aimée ;
et je me sens subir le cher enivrement
que donne votre chair de satin parfumée,

aux senteurs émanant des blancs lys orgueilleux.
Dans le bleu clair-obscur où les pistils rayonnent,
d'un or très roux, de l'or des astres dans les cieux,
je rêve de vos yeux irisés où frissonnent
le vermeil le plus vif et l'azur le plus pur.

Et je m'endors ainsi, lentement, heureux, sûr,
sûr de ne songer qu'à de très suaves choses —
aux parfums affolants des blancs lys et des roses,
à vos sourires très aimés, très adorés,
à vos regards, à vos baisers très implorés. . .

Aubade

O Mignonne délicieuse
en qui j'ai mis tout mon amour,
voici que se lève le jour.
Debout ! Allons ! La Paresseuse !
Debout ! C'est assez sommeillé !
Le ciel est tout ensoleillé.

Sur ton dos laisse choir la soie
fine et longue de tes cheveux !
Eh ! Qu'importe que les aveux
murmurés dans la nuit de joie,
que mes baisers, baisers de feu,
aient pâli ton teint quelque peu ?

Va ! Ton grand miroir de Venise
ne vaut pas l'azur d'un étang ;
et le vermillon éclatant
qui te fait la lèvre à ta guise,
n'est pas si rouge que le sang
des mures qu'on mange en passant.

Odelette folle

Voilà qu'il fait bon ! Du soleil
flambe au ciel plus bleu. Ce n'est pas
encore le temps des lilas,
pas encor le Printemps vermeil,

mais l'on sent fort bien qu'il approche
avec tout son joyeux cortège,
et que l'Hiver, avec sa neige,
fait ses paquets et prend le coche

pour s'en aller. Sur les carreaux,
la Pluie aux doigts verts ne viendra
plus tambouriner ; on aura
des fauvettes et des pierrots

pour chanter des chansons de fête ;
bonsoir l'Hiver ! Tout est en joie,
bêtes et gens, tous, depuis l'oie
jusqu'au coq à la rouge crête,

jusqu'aux sages, jusques aux fous,
tous les amoureux et tous les
pauvres bâtisseurs de palais
aussi merveilleux qu'...andalous.

..... Oh ! dis, quel soleil ! Ma Chérie !
Malgré les traces d'engelures
qui balafrent, rouges et dures,
sa face d'or un peu maigrie,

et son nez d'ivrogne enrhumé,
comme il est beau! Comme il fait bon,
— jeune galant ou vieux barbon, —
réchauffer son corps abimé

à ses rayons! Viens, Adorée!
Viens... au diable. Que nous importe,
que Mars n'ait — pour ouvrir la porte
au Printemps — pas mis sa livrée

officielle? Qu'avons-nous
besoin que fleurissent les fleurs,
que les bois et les prés aient leurs
habits neufs — pour aller, très fous,

nous embrasser « là-bas », ma Chère,
où tu voudras, où déjà d'autres
vont récitant leurs panetôtres
par la nature qui suggère

tant de bons rêves amoureux ?
Sur la route, quand nous irons,
couple d'amants, nous trouverons
d'autres Gueux, d'autres Bienheureux,

d'autres Belles, d'autres Poètes;
nous verrons avec eux, ma Mie,
la Nature encore endormie
s'éveiller aux hourras de fêtes;

nous courrons en bande au devant
du Printemps, et nous chanterons,
et nous crierons, et nous rirons,
pour fêter l'adorable Enfant ;

nous serons les Heureux du monde !
Plus de dentelles ; plus de soie,
plus de satin ! Parbleu, la joie
nous soûlera tous à la ronde ;

car nous serons tous, tous des Gueux !
Nous n'aurons pas un sou, pas un
radis en poche, mais chacun
sera riche d'esprit fougueux,

de fantaisie étincelante !
Nos estomacs crieront famine ?
Dans un calice d'églantine,
nous boirons cette succulente

lumière du soleil d'Avril !
Nous mangerons l'or des rayons,
— ce qui vaut bien tous les bouillons
et n'importe quel mets subtil ! —

Fous ! Sages ! Chevelus Poètes ;
Amoureuses, Très-Adorées,
à travers les plaines dorées
sonnant les cloches, Nous, Prophètes

BIBLIOTHÈQUE NATIONALE R.F. IMPRIMÉS

du Printemps, nous irons, fougueux
et très fiers, puisque le bon Dieu
fera flamber dans le ciel bleu
son grand soleil, pour Nous, ses Gueux !

Trève d'amour

Oh ! nous avons été des fous — et je me sens
le cerveau tout chargé de rêves languissants.
Dans le spasme éreintant où s'est tordu mon être
j'ai laissé ma vigueur — et je ne puis plus être
aujourd'hui que celui-là qui dans tes deux bras
va chercher le repos de son corps, cassé, las !
Restons au lit. Veux-tu ? Sommeillons, ô ma chère,
dans l'annihilement d'être, dans le mystère
des sublimes baisers qui brisent ! Laissons-leur
— à ceux-là qui n'ont pas le très exquis bonheur

de connaître l'amour et ses rudes caresses, —
les rêves plats, banals, les communes ivresses,
les contemplations sereines, les plaisirs
sots qu'il leur plaît d'aimer pour charmer leurs loisirs ;
nous, Mignonne, aimons-nous — et soyons toute joie.
Demeurons enfermés dans la chambre où poudroie
l'or brillant du soleil. Sommeillons. Que veux-tu ?
Soul, très ivre de tes baisers, moi, j'ai perdu
la tête — et je ne sens plus rien que ma paupière
qui se ferme, s'éblouissant, ô ma Très-Chère,
au bleu trop cru du ciel tout flambant de rayons.
Viens ! viens ! Enlaçons bien nos corps — et sommeillons.
Tous deux, dans la tiédeur troublante de la chambre,
où flotte un chaud parfum d'iris, de femme et d'ambre,
depuis le lever jusqu'au coucher du soleil,
heureux, calmes, bercés dans un demi-sommeil,
rêvant de nos baisers, de nos longues ivresses,
nous nous reposerons des géantes caresses,
dans l'enlacement tendre et très doux de nos bras
et de nos corps brisés, adorablement las.

Guitare galante

Si bleus qu'ils semblent irréels,
tes yeux
sont les saphirs artificiels
où j'ai trouvé l'oubli des cieux !

Merveilleuses, étincelantes,
très roses,
tes lèvres sont les fleurs galantes
où j'ai trouvé l'oubli des roses !

Consolateur de l'Affligé
en pleurs,
ton sourire est le baume où j'ai
trouvé l'oubli de mes douleurs !

Odelette

pour aller se coucher

Dégringole-t-il de la neige,
Ou sont-ce des papillons blancs
qui nous arrivent de Norvège ?
Sont-ce des papillons brûlants,

étincelants de pierreries,
d'améthystes et de saphirs,
d'éclatantes joailleries
à faire rêver les vizirs

de tous les pays des Mille et
une Nuits que le soleil lance
du haut de son char d'or ailé ?
Le ciel peut avec opulence

déverser à flots du soleil,
ou le bon Dieu plumer ses oies,
que m'importe ? Le ciel vermeil
ne me donne pas plus de joies

que le ciel neigeux des Hivers !
Au plus profond de ma cervelle,
chante et roucoule, sur des airs
langoureux, une ribambelle

de galantes chansons d'amour,
voilà tout. Veux-tu, ma Chérie,
veux-tu nous en aller, ce jour,
courir le bois et la prairie ?

Si tu préfères, restons là,
bien tranquillement dans ta chambre
à fleurs roses, où flotte la
très fine odeur de femme et d'ambre ?

A force de n'avoir jamais
d'autres horizons, Tendre Mie,
que tes yeux bleus où sombrent mes
rêves, et ma peine endormie ;

à force de — pauvre amoureux
d'une étoile tant, tant exquise, —
de baiser le pourpris fiévreux
de tes lèvres, — baiser qui grise ; —

de t'adorer éperdument,
Toi dont le corps est fait de neige
et de fleurs, dont superbement
les seins portent des fraises, sais-je,

dis, en quelle saison je vis ?
Ton corps n'a-t-il pas à l'Automne
emprunté le velours des fruits,
— tes seins et tes lèvres, Mignonne ! —

Ton corps parfait n'a-t-il pas les
blanches floraisons printanières,
le parfum poivré des œillets,
et discret des roses trémières ?

Ton corps ! ton corps ! c'est le Printemps ?
c'est l'Eté, l'Hiver — et l'Automne !
car ta chair fleurit en tous temps ;
en tous temps, je sais où rayonne

le plus merveilleux des soleils ;
car je sais où trouver, Très Chère,
le plus aimé des fruits vermeils !......
Tiens, ne causons plus ! C'est chimère

que de chanter des vers d'amour,
de débiter des balivernes.
Voici que tombe enfin le jour ;
Saint Pierre accroche ses lanternes

à la porte du Paradis.
Ne chantons plus. Le lit qui baille
nous fait signe ; il nous attend, dis.....
Non ! ne rêvons plus ! on-rimaille,

on rimaille, et le temps se perd.
Ote tes falbalas, ma Mie !
Ne laissons pas le lit ouvert.
Ces Messieurs de l'Académie

nous blâmeront peut-être. Bah !
que nous importe, sois heureuse !
Va, nous ferions envie au schah
de Perse, ma belle Amoureuse !

Sois à moi toute ! Follement
je veux baiser tes lèvres roses ;
je sais où pouvoir galamment
manger des fruits, cueillir des roses.

Chanson

Le soleil accroche de l'or
dans les cheveux blonds de Mignonne;
Le Printemps livre son trésor
de fleurs pour que je la couronne.

Dans ses beaux yeux, ses yeux si doux,
le firmament pur se reflète;
qu'elle égrène ses rires fous,
et la Nature est tout en fête !

Les bois sont remplis de chansons —
et les fleurs sont enfin écloses —
Elle chante avec les pinsons,
Elle sourit avec les roses.

Autre guitare

Tu n'as pas besoin de joyaux,
ô divine et chère Mignonne !
N'est-ce pas dans tes yeux si beaux
l'éclat des saphirs qui rayonne ?

L'ensanglantement des rubis
s'étale sur ta lèvre pure ;
l'or, tous les ors sont-ils exquis
Comme l'or de ta chevelure !

Un seul astre des cieux a-t-il
tant de douceur dans ses caresses ?
Ton regard, couleur de beryl,
ne vaut-il pas toutes richesses ?

Bout de spleen

Nous aimer ? A quoi bon, hélas !
Avant que s'en vienne l'Automne,
va, nos pauvres cœurs seront las,
car l'amour est si monotone.

Ne nous aimons pas : nous verrons
nos larmes bien vite effacées.
L'Hiver viendra. Nous oublierons.....
fleurs décloses, amours passées.

Tristesse

O toi, ma Blonde, en qui j'ai mis
mon rêve des douces ivresses,
tends-moi tes lèvres : je suis pris
de désespérantes tristesses.

J'ai la tête tout à l'envers,
et suis morose à la folie ;
moi, l'amoureux rimeur de vers,
je me meurs de mélancolie !

Tends tes lèvres, double corail !
Remplis mon verre de pale-ale !
Chasse le splen, l'épouvantail
qui me torture la cervelle.

Toi dont j'adore les grands yeux
pour qui j'ai fait tant de poêmes,
souris-moi — je ne suis joyeux
que lorsque je crois que tu m'aimes;

souris-moi : je veux être gris
de bière et de Toi, Chère Belle;
tends-moi tes lèvres — et remplis
tout plein mon verre de pale-ale.

Automnales

I

Pour bercer la mélancolie
inhérente au rêve automnal,
elle disait un madrigal
sur un air triste à la folie.

Et rien n'était délicieux
comme cette romance ancienne,
que chantait la musicienne,
comme ce vieil air gracieux,

berçant notre mélancolie,
qui, dans les parfums affaiblis
montant des corolles des lis,
s'échappait — triste à la folie.

II

Voici donc qu'il s'est envolé,
voici donc qu'il s'en est allé
le temps des lilas et des roses.....

Et l'Automne, plein de frissons,
fait chanter, triste, à ses bassons,
de mélancoliques chansons
pleurant les lilas et les roses !

Voici le temps où tous les yeux
s'empliront de pleurs, soucieux
en songeant aux amours défuntes,

et dans nos pauvres cœurs dolents,
chantent de doux airs nonchalants,
très mélancoliques, très lents,
qui pleurent les amours défuntes.

III

Va ! presse mon cœur ! Que jaillisse
mon sang sous tes deux pieds vainqueurs,
Toi dont l'amour est mon supplice,
Femme, ô vendangeuse de cœurs.

Voici qu'au fond des tonneaux croulent
les grappes des raisins rougis ;
voici que sous les pressoirs coulent
le jus aux reflets de rubis.....

Va, presse mon cœur ! Que jaillisse
mon sang sous tes deux pieds vainqueurs,
Toi dont l'amour est mon supplice,
Femme ! ô vendangeuse de cœurs.

Évocation

Au charme intime et cher de musiques dolentes
je veux évoquer, Mie, en des rimes très lentes,
nos baisers envolés, les éternels parfums,
des Printemps en allés, des Automnes défunts.
Je veux bercer le spleen des soirs d'Hiver — moroses —
de vers où revivra dans des apothéoses
le glorieux éclat des Juins ensoleillés ;
— et puis je pleurerai les espoirs effeuillés,

puis le temps où s'envolèrent nos rêveries,
plus tard sous les cieux où sont les mélancolies
d'octobre ! Souviens-toi ! Veux-tu ? Souvenons-nous.
Qu'importe si l'on nous fait passer pour des fous
d'avoir aimé cueillir des fleurs le long des sentes.
Pleurons. L'Hiver a pris ces fleurs éblouissantes.
Nous n'irons plus au bois : les lauriers sont coupés.
Nous n'irons plus « là-bas » où, tout préoccupés
de baisers, nous allions en rêvant. Les étoiles
s'enveloppent dans les plis épais de leurs voiles
noirs. Nous n'irons plus..... Tu n'iras plus de tes yeux
rendre jaloux les saphirs éclatants des cieux.

Mélancolie

La rose dernière cueillie
meurt dans le vase de cristal;
et c'est comme un souffle fatal
qui l'effeuille, toute pâlie.

C'est à peine si vit encor
la pauvre fleur déjà flétrie;
de la corolle défleurie
nul enivrant parfum ne sort.

Telle la rose, tel mon rêve
d'autrefois — et presqu'oublié
aujourd'hui, qui pourtant, sans trêve,
revient vague, mort à moitié,
bercer de ses étranges charmes
ma mélancolie et mes larmes.

Sonnet d'hiver

L'Hiver, fantôme errant, vêtu de blanche hermine,
va — courant les chemins des forêts et des prés,
où meurent sous le souffle accablant qui les mine
les automnales fleurs aux pétales pourprés ;

où se dressent, avec des airs humains d'échine,
les squelettes noircis des arbres délabrés ;
où les feuilles que le vent fane et dissémine
ont des envolements moroses et dorés.

L'Hiver est dans mon âme ainsi que sur la terre.
Dans l'ombre de mon cœur, spectre blafard, il erre,
foulant aux pieds les Fleurs, dissipant les Parfums
du Souvenir si cher — combien ! — des survivances,
semant et les Regrets et les Désespérances
du lent effeuillement des Autrefois défunts.

*
* *

Follement, sans raison, ni rime,
nous nous sommes, hélas! quittés.
Maintenant, mornes, dégoûtés,
nous pleurons tous deux notre crime.

Quel mauvais vent a fait tourner
la faiblesse de nos cervelles ?
Quel rêve a semé des querelles
en notre amour à peine né ?

Pour rien, sans besoins, sans envies,
nous avons accompli le fait
atrocement bête qui fait
le martyre de nos deux vies.

* *
*

Ainsi qu'on cache à tous, au fond d'un reliquaire,
la boucle de cheveux que l'on a tant baisée,
dans mon cœur désormais, noire et sombre bière,
est le seul souvenir de mon amour brisée.

BIBLIOTHÈQUE NATIONALE R.F. IMPRIMÉS

1890

Table des matières

BIBLIOTHÈQUE NATIONALE R.F. IMPRIMÉS

Imprimé à Rouen

par Espérance Cagniard

Mai 1890

www.ingramcontent.com/pod-product-compliance
Ingram Content Group UK Ltd.
Pitfield, Milton Keynes, MK11 3LW, UK
UKHW020433230726
13925UKWH00004B/1719